ANGELO

TYRAN DE PADOUE,

DRAME EN QUATRE ACTES, EN PROSE,

RACONTÉ

PAR DUMANET,

Caporal de la 1re du 3me, 22me régiment de ligne,

ORNÉ DE RÉFLEXIONS SUR LE JEU DES ACTEURS, PAR L'AUTEUR DES PARODIES DE MARIE TUDOR, D'ANGÈLE, DES MAL-CONTENTS, etc.

> Prenez des femmes une [illegible], [illegible]
> [illegible] par la queue d'une, si vous n'vou
> lez pas être... [illegible].
>
> Dumanet.

PRIX : 50 CENTIMES.

PARIS,

JULES LAISNÉ, LIBRAIRE,

GALERIE VÉRO-DODAT, 1.

1835.

CONDITIONS DE LA SOUSCRIPTION.

Cette collection, imprimée sur du papier velin superfin, avec des caractères neufs fondus exprès, est publiée par Livraisons.

Chaque livraison se compose de 5 feuilles (80 pages.)

Dans les ouvrages qui nécessitent des gravures, une vignette gravée sur acier par un des meilleurs artistes français ou anglais, remplace une feuille de texte.

Il paraît une livraison tous les Samedis.

PRIX DE LA LIVRAISON......... { Pour Paris, 50 centimes.
Pour les départemens, 75 cent.

Chaque volume de 25 à 30 feuilles, orné d'un portrait de l'auteur et renfermant une notice sur sa vie et ses ouvrages, par un de nos meilleurs littérateurs, contiendra un Roman.

On peut souscrire *séparément* pour chaque ouvrage. En payant un volume à l'avance, on recevra les livraisons à domicile et franc de port.

Dès qu'un ouvrage sera complet, les volumes seront augmentés *d'un franc*.

Les personnes qui prendront 12 souscriptions recevront 14 exemplaires (2 gratis).

Les lettres non affranchies seront refusées.

On souscrit à Paris, chez

JULES LAISNÉ, LIBRAIRE, Passage Véro-Dodat, N° 1. | CH. VIMONT, LIBRAIRE, Rue de Richelieu, N° 27.

ET AUX DÉPÔTS SUIVANS:

M. BARBAROUX et Mme DELAYAS, passage du Saumon, N. [illegible];
ROUSSEAU, rue de Richelieu, N. 106;
CHRISTOPHE, boulevard Bonne-Nouvelle, vis-à-vis le Gymnase;
GRIMPRELLE, rue Poissonnière, N. 25;
BOCQUIN DE LA SOUCHE, passage Vendôme;
BERNARD, passage Bourg-l'Abbé, N. 18;
HUBERT, rue du Coq-St-Honoré, N. 4;
MAD. DESCHAMPS, galerie Vivienne, N. 7;
FOULLON, passage du Commerce, N. 4;
BOURDIN, rue Quincampoix, N. 57;
POSTEL, rue du Roule, N. 4.
LEMOINE, place Vendôme, N. 24;
LOBJOY, grande galerie du passage du Caire, N. 60;
CH. HERBAUT, rue du Bac, N. 2.

ANGELO
TYRAN DE PADOUE,

DRAME EN QUATRE ACTES, EN PROSE,

RACONTÉ

PAR DUMANET,

Caporal de la 1re du 3me, 22me régiment de ligne,

ORNÉ DE RÉFLEXIONS SUR LE JEU DES ACTEURS, PAR L'AUTEUR DES PARODIES DE MARIE TUDOR, D'ANGÈLE, DES MAL-CONTENTS, etc.

> Prenez des femmes votre suffisance, mais n'en épousez pas la queue d'une, si vous n'[illegible] pas être [illegible].
>
> Dumanet.

PARIS,

JULES LAISNÉ, LIBRAIRE,

GALERIE VÉRO-DODAT, 1.

1835.

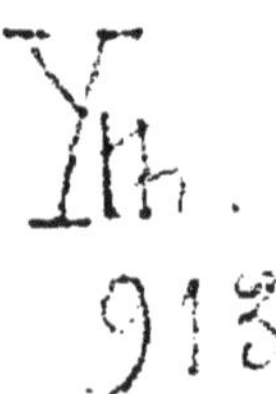

Impr. de J.-R. Mevrel,
Passage du Caire, 54.

RÉFLEXIONS AU FOYER.

Entré par faveur avant le public, je me promenais de long en large dans le foyer du Théâtre-Français, lieu si riche en souvenirs, si pauvre d'avenir; aujourd'hui si prêt de sa décrépitude; et j'allais, sans doute, donner le jour à un feuilleton digne des beaux temps du *Journal de l'Empire*, quand je remarquai à terre un papier soigneusement plié. Distrait de mes pensées, je ramassai cet opuscule et, après l'avoir parcouru des yeux, je le mis religieusement dans ma poche...

Et pourtant, me dis-je, le monde est encore plein de gens qui ont la bonhomie de croire en la véracité des Journaux, et qui niaisement attendent après l'hebdomadaire feuilleton pour savoir quelle opinion ils devront porter d'une pièce nouvelle, bien que, de leur personne, ils aient assisté à la première représentation. Cette espèce de lecteurs, qui est en majorité, vit de cette quiétude que Boileau appelle :

> Le cruel fardeau de n'avoir rien à faire,

Et paie afin qu'on lui évite jusqu'à la douloureuse fatigue de penser.

D'autres se rétracteront parce que leur jugement se trouve être en opposition avec celui de leur journal; ceux-là se croiraient perdus, eux et l'état, à partir du jour où ils émettraient une opinion de leur crû; aussi, ont-ils soin de rejeter avec confusion, derrière eux, leur propre sentiment à l'aspect d'un avis contraire au leur.

D'autres garderont pour eux leur opinion dans la crainte qu'ils ont de se donner un ridicule en ne pensant pas comme tel ou tel de nos modernes Geoffroy; ceux-ci se laissent éblouir par l'éclat prétendu d'un nom devenu populaire pour avoir été quotidiennement imprimé au bas d'un journal: genre de célébrité qui commence à s'user depuis qu'il est à la discrétion du premier écolier démangé de la manie d'écrire.

Il y a bien encore une quatrième espèce de lecteurs de journaux, tout-à-fait en opposition quant au style qui préside à leur rédaction, lecteurs sensés, impartiaux, ennemis des coteries, et dont rien ne saurait ni changer, ni fausser le jugement; mais je m'empresse de dire que cette espèce est fort peu nombreuse, et qu'ainsi que toutes les oppositions passées, présentes et futures, elle se contente de dire ce qu'elle pense, d'indiquer le remède, sauf ensuite à laisser faire aux événemens.

D'où je conclus que les réputations littéraires sont devenues le monopole d'une petite classe privilégiée; laquelle, voyant l'impunité lui réussir, a pris ostensiblement pour devise :

Nul n'aura de l'esprit que nous et nos amis.

Il ne me sera pas difficile d'appuyer cette réflexion de faits irrécusables; et, pour cela, je vais prendre sinon le plus célèbre de nos feuilletonistes, du moins celui *qui fait* et *qui sait* le plus parler de lui, M. J. J.

Il me saura gré, sans doute, de n'aller pas chercher pour le combattre, des armes dans *l'Ane mort et la Femme guillotinée*, dans *Barnave*, dans le *Livre des Cent-et-Un*, dans les *Revues*, et surtout dans l'éloge pompeux qu'il a fait du *Pierrot des boulevarts*, Pierrot pour lequel il a un enthousiasme qu'on cherche vainement à s'expliquer, enthousiasme qui a mérité à cet infortuné une réputation qui l'accable et le surnom de *Gilles-J*....

Laissons M. J. J. homme de lettres ; prenons-le comme journaliste, voyons-le d'abord comme rédacteur du *Journal des Enfans.*

Vous vous attendez que, rempli de bonne foi et de respect pour ses candides lecteurs, il aidera de toutes ses facultés au développement de leur vierge intelligence, en évitant surtout de fausser leur esprit...

Lisez et jugez...

Dans une description qu'il fait du Jardin-des-Plantes, il dit, à deux enfans dont il paraît avoir entrepris l'éducation en ce qui regarde l'histoire naturelle :

« . . . . . . Cette bête que vous voyez là-bas qui a *l'œil* » *si calme*, la crinière si épaisse et si longue, *dont la queue bat* » *si fort*, * c'est le lion. »

Je n'ai pas fait, et je l'avoue bien sincèrement, une étude particulière du règne animal; mais j'ai toujours entendu dire que lorsque le lion se battait *si fort* les flancs, il était furieux : or, je ne sache pas que le lion puisse être furieux et avoir l'œil calme; il n'y a qu'un profond politique qui puisse en agir ainsi, et je doute que le roi des animaux s'avilisse jamais jusqu'à faire de la diplomatie.

Passant à un autre animal, il dit, encore aux deux petits malheureux dont il forme l'éducation :

« . . . . . . *Ce beau tigre* que vous voyez, *c'est une pan-* » *thère...* »

Ce beau tigre que, d'après la dénomination de M. J. J., vous prenez pour un mâle, change simultanément de sexe et devient femelle; en honneur, si ce n'était de la prose, et de la prose assez plate, on croirait lire l'énigme du *Mercure galant* **; non seulement ce tigre est une femelle, mais encore c'est une panthère!!! — M. J. J. devrait savoir au moins, lui qui se charge de former des éducations, qu'indépendamment de la différence des sexes, le tigre, le léopard et la panthère diffèrent encore par la variété de leur robe; puis, gourmé comme un érudit, il ajoute :

« . . . . . Vous êtes bien heureux qu'elle soit *entre qua-* » *tre barreaux de fer* *** »

Qu'est-ce, je vous prie, que d'être enfermé entre quatre barreaux, fussent-ils même de fer? Vous verrez que M. J. J. se sera autorisé de cette licence poétique qui se trouve dans la romance sur Marlborough :

* Il s'agit ici des flancs, il n'aurait pas été inutile de le dire.

** Comédie en vers de Boursault.

*** Sous-entendez à votre choix le tigre ou la panthère.

Il fut porté en terre
Par quatre z'officiers *.

Mais ce n'est pas tout, M. J. J. ne saurait s'arrêter en si beau chemin ; et lui, chaud partisan du romantisme, ne sortira pas du Jardin-des-Plantes sans y avoir semé quelques fleurs de rhétorique de sa façon.

Écoutez et admirez :

Après avoir passé en revue quelques animaux, il vient à parler des fondateurs du Jardin ; notez que c'est toujours à ces deux petits infortunés qu'il s'adresse :

« . . . . . . Ils ont trouvé que c'était trop peu *d'em-* »*prunter* à un pays son pâturage sans lui emprunter aussi ses »troupeaux ; trop peu de *lui dérober un lac* sans lui emprunter »aussi les oiseaux et les poissons de ce lac ; trop peu de lui en- »lever ses arbres, *sans emmener avec l'ombre de ces arbres.* »

N'est-ce pas le cas de s'écrier :

Ah ! tout doux ; laissez-moi, de grace, respirer.
Donnez-nous, s'il-vous-plaît, le loisir d'admirer.

Procédons par ordre, débrouillons, s'il est possible, ce pêle-mêle scientifique ; d'abord, emprunter ce qu'on ne doit pas rendre, c'est prendre ; ensuite dire sérieusement que l'on dérobe un lac !** Vous figurez-vous un larron se sauvant à toutes jambes avec un lac sous le bras, au risque d'en répandre la moitié en route ; voyez-vous la population crier et courir après le voleur ; et que dira-t-elle ? cette brave population quand, revenue de sa première stupeur, elle reconnaîtra que le voleur lui a dérobé non seulement son lac, ses poissons, ses oiseaux, mais encore ses arbres ! ! voir même l'ombre de ses arbres***, ce qui est bien plus fort ! ! !

* Nécessairement Marlborough se trouvait au milieu des quatre officiers.

** Je suis autorisé à penser que M. J.-J. a cru fermement au conte qui circulait en 1815, et qui en substance était : que Wellington allait emporter la rivière de Bièvre afin d'établir en Angleterre une manufacture à l'instar de celle des Gobelins.

*** Il n'y a pas là l'ombre du bon sens.

Je m'arrête, et j'en appelle à quiconque a le sens commun : est-il permis de se moquer plus complétement du public ; et sur qui pèse cette mystification, sur de malheureux enfans dont M. J. J. se charge de développer et de former le jugement... Voyons maintenant comment il en agit avec le public sensé.

Je prends au hasard le *Journal des Débats* du 16 février 1835, et je vois que M. J. J. a renoncé, pour cette fois, à nous donner le bulletin officiel de sa chère santé, chose à laquelle il manque rarement, ainsi que de nous entretenir du beau temps et de la verdure dont il se plaint de ne pas jouir, le théâtre le retenant, captif à la ville, toutes phrases qu'il affectionne essentiellement * et qu'il termine habituellement en sollicitant la reconnaissance du public pour son prétendu dévouement.

L'égoïste ! de la reconnaissance, à lui ; et qui en mérite plus au monde que ses lecteurs qui, pour un feuilleton irréprochable qu'il leur donnera par hasard, sont ordinairement accablés de lignes saturées de personnalités, d'injures prodiguées à des hommes de lettres tous ses maîtres en littérature, il est vrai de dire que cela ne les empêche ni d'avoir des succès ** ni d'arriver à gagner le fauteuil de l'Institut. *** En attendant le public s'abreuve du fiel qui découle de la plume de cet écrivain.

Voyons enfin les feuilletons de M. J. J. dans un journal cité pour son modérantisme et son urbanité.

Il s'agit du compte rendu d'une pièce donnée au Cirque-Olympique :

« ..... Sans nul doute, *il ne faut guère d'esprit* pour enfanter » un pareil chef-d'œuvre ; mais sans nul doute aussi (les acteurs » du Cirque-Olympique l'ont prouvé, nous ne parlons pas de » MM. les chevaux, qui n'ont eu que des rôles secondaires), *il » faut encore moins d'esprit* pour le jouer. Il est vrai que *ceux qui*

* M. J. J. a si bien habitué ses lecteurs à s'informer de sa santé, qu'ils ont contracté avec Orgon la manie de dire :

... Et... Tartuffe?

** M. M. Scribe, Ancelot, etc.

*** M. Scribe.

» *s'amusent à de pareilles inventions ont encore moins d'esprit* que
» ceux qui les jouent. — Cependant bonnes gens rassurez-vous;
» *il y a encore quelqu'un plus bête que vous tous;* le plus bête en
» cette affaire, *c'est moi* qui la *raconte* sérieusement; peut-être
» même, et ceci soit dit pour ma satisfaction personnelle, y a-t-il
» derrière moi *un plus sot que nous tous,* auteurs, acteurs,
» spectateurs, feuilleton; *mais chut! il faut toujours respecter son*
» *lecteur.* »

Chacun prend son plaisir où il le trouve, disent les bonnes gens, M. J. J. n'a d'autre satisfaction, à ce qu'il parait, que de dire ou des niaiseries ou de grosses injures à ses lecteurs, que le public se fasse ou non justice de ces impertinences il m'importe fort peu, ce n'est pas mon affaire, je déclare la guerre aux mots non pas à l'homme.

Maintenant stupides lecteurs. (On conçoit que cette épithète ne peut s'adresser qu'aux lecteurs de M. J. J., je ne suis pas assez haut placé pour traiter aussi cavalièrement ceux qui ont la bonté de me lire.) vous qui vous imaginez qu'un homme qui a, dit-il, * de la célébrité doit être taillé en Hercule! voulez-vous avoir une idée juste de cet écrivain pour vous si bienveillant si poli, allez au salon et sous le n.° 1962 du livret vous trouverez un portrait, ** à la mine plus que suffisante, qui semble dire à tout le monde : C'est moi qui suis l'auteur du feuilleton imprimé dans le journal des Débats du 16 février 1835.

Si on me demande ce que prouve cette longue digression, je répondrai :

J'ai voulu prémunir le public contre les compte rendus des pièces nouvelles qui sont toujours faits par des amis de l'auteur si ce n'est pas l'auteur lui-même*** quand il tient à la coterie qui monopolise les succès et les réputations.

* M. J. J. prétend modestement que celui qui entreprendrait la publication de ses feuilletons, ferait une excellente affaire! voyez comme on s'empresse!!

** Nous devons ce portrait à M. Schopin.

*** Cela soit dit sans offenser M. J. J. qui n'a jamais pu parvenir à être de quart dans l'un de ces vaudevilles qu'il traite avec tant de mépris.

Si après cela il restait le plus léger doute qu'on prenne la peine de lire l'écrit que j'ai ramassé dans le foyer du théâtre Français le jour même et une heure avant la première représentation de la pièce de M. Victor Hugo. On aura une juste idée de la confiance que généralement on doit accorder à la sincérité des feuilletons :

« Je ne saurais parler aujourd'hui de l'œuvre de M. Victor » Hugo, je suis sous l'influence du charme et je craindrais d'être » trop ou trop peu louangeur : le succès a été, ce qu'il est toujours pour cet homme de lettres, contesté par le petit nombre » qui s'obstine à ne pas reconnaitre dans ce grand poëte le régénérateur de notre théâtre. Exposition, action, péripétie tout est » parfait, l'œuvre marche *crescendo* jusqu'à ce qu'enfin le dénouement qui est aussi neuf qu'imprévu vienne clore admirablement cette admirable production.

» Les acteurs ont rivalisé de zèle, mademoiselle Mars a été ce » qu'elle est toujours, sublime! madame Allan Dorval s'est montrée digne de la scène française, en un mot chacun a fait son » devoir auteur, acteurs et public. » *

* Si le nom de l'auteur de ce petit article de bonne foi vient à ma connaissance je prends ici l'engagement d'en informer le public. *On aurait tort toutefois, de l'attribuer à M. J. J. qui ne fait ni les feuilletons du Théâtre-Français ni ceux du théâtre de la porte St-Martin.*

AVERTISSEMENT.

Quelques critiques, je n'entends parler ici que de ceux qui sont de bonne foi, disent que cette dernière production de M. Victor Hugo est ce qu'il a fait de mieux, en fait d'œuvre dramatique; d'autres, au contraire, disent que c'est la plus faible de ses pièces : je suis un peu de l'avis de ces derniers; mais je m'empresse d'ajouter que la faiblesse prétendue d'Angelo est à mes yeux ce qui en fait le véritable mérite, en ce que M. Victor Hugo, dédaignant, pour cette fois, les grandes catastrophes que lui seul sait trouver, a voulu nous prouver que sans le secours de ce puissant auxiliaire, il pouvait prétendre à un brillant succès.

On ne sera donc pas étonné de ne trouver ici qu'une critique sage, mais impartiale, des acteurs; eux seuls, et j'en excepte madame Allan-Dorval, ne me semblent pas assez pénétrés de l'esprit de cette pièce.

[illegible]

[illegible]

ANGELO,

TYRRAN DE PADOUE*.

ACTE I.

L' théâtrr' r'présente une maison illuminée tout en rrouge absolument comme une lanterrn' d'omnibus, l' fond est un jarrdin, à gauche y a une terrasse avec voûte au-d'ssous.

Angelo, p'tit homme, taille de voltigeurr, pas davantage, et la Tysbé, bonne mèrr', grrassouillette, qu'on dit qu'à 60 ans sonnés, mais bien conserrvée pour son âge, arrivent et jabottent sans fairr' attention qu'y a une espèce de farceurr qui dorr' au pied d' la terrass'; savez-vous bien, qu' dit Angelo à la Tysbé, qu' la fête qu' vous nous donnez doit vous coûter grros...

Mais oui, qu' dit la Tysbé, pas mal comme ça; qu' voulez-vous, faut bien s' procurrer des distrractions pour charrmer l'existence de la vie.

Ah! la Tysbé, qu' dit Angelo, je vous aime que j'en dessèche, et quand j' vous vois dessurr la scène et qu'un tas d'hommes est là au parterre qui vous rr'gardent et vous écoutent, j' voudrrais leur arracher les yeux avec les orreilles; t'nez, j' sais pas c' que j' leurr arracherais tant que j' suis jaloux...

Cróyez-vous pas qu' vous êtes joli quand vous faites vos yeux d' chat fâché, qu' lui dit la Tysbé, qui l' ménage pas trop, faut êtr' juste, qu'est-ce que vous pouvez désirrer, vous, que vous êtes heureux comme un grros majorr...

* Le narrateur a contracté une telle habitude du roulement du tambour, que je n'ai cru mieux faire, pour imiter son organe, que de doubler les r des mots.

Note de l'editeur.

Vous croyez que j'ai toutes mes aises, n'est-ce pas? écoutez-moi cinq minutes, c'est l'affairr' d'un p'tit quarr' d'heurr' : J'ai l' pouvoirr ici d' fairr' mett'e toute la ville à la sall' de police, c'est vrai, j' puis fairr' fusiller tout l' monde, si ça m'amuse, c'est indubitabl' ; mais à mon tourr, v'là l' chiendent, surr un simple soupçon, j' suis dénoncé à V'nise, au conseil des Dix; j' suis pris, si j' suis pris j' suis d'dans, si j' suis d'dans, j' suis morr, et tout ça sans juges, sans bourreau... seul'ment, l' lend'main, on s' dit : Vous savez bien, monsieur un tel? Oui? eh bien? Eh bien, on n' sait pas c' qu'il est dev'nu!!.. Bah!!.. et c'est fini... C'est pas l' tout, V'nise a poussé l' rrafin'ment d' la cruauté jusqu'à fairr' fairr' des collidorr' dedans l'épaisseurr d' vos murrailles, oùs qu'elle se promène jourr et nuit, d'oùs qu'elle vous voit, d'oùs qu'elle vous écoute et d'oùs qu'elle peut vous prendrr'; vous l'entendez qui flane dans vos murr'; vous pouvez dirr' : V'nise est là, j'en suis certain, et c'pendant vous n'en êtes pas sûrr... v'là pourquoi que j' suis trrist', taciturrn' et brrutal...; mais, c't homme qui dorr' là-bas, croyez-vous qu'y rronfle, qu' dit Angelo à la Tysbé.

Tiens, c'te bêtise, que dit la Tysbé, j' sais pas si y rronfle; c'est Omodei, un idiot, une crruche, pas p'us malin qu'un rr'crue... Pourr le couper courr', monseigneur, qu'elle ajoute, j' vois qu' vot'e histoirr' est aussi noirr' que la mienne, vous allez en juger :

Ma mèrr' était une chanteuse des rrues, y a pas d'affrront: un jourr que sans malice, elle rrossignolait, c'te pauvrr' chèrr' femme, passe un sénateurr, un vieux durr à cuirr', qu'y dit à ses sbirr' : Empoignez-moi c'te femme-là et pendez-la... Ma mèrr' qu'avait l'habitud' de s' laisser fairr' sans crrier, m'embrrass' et la v'là parrtie... Une jeune fille s' jett' aux g'noux du sénateurr et obtient la grrace d' ma mèrre! Comme à not' métier on n' gagnait pas des milles et des cents, ma mèrr' lui dit : T'nez, j' nai rrien à vous donner, mais c'est égal, v'là un crrucifix en cuiv'e, pe't-être qu'il vaudrra pourr vous son pesant d'orr... D'puis c' temps, monseigneurr, j' cherch' partout c'te jeun' fill' pourr lui donner un' rrécompense maint'nant que j' suis rrich' comme une Crresus...

A quoi qu' vous pouvez r'connait'e c' crrucifix, qu' dit Angelo.

A mon nom qu'est écrrit d'ssus avec la point' d'un stylet, qu' dit la Tysbé.

Tout ça c'est des emblêm's, qu'ajout' l' podestat.

Des emblêm's, monseigneurr, qu' dit la Tysbé, on voit bien qu' vous êt's pas un' femm', et qu' vous savez pas c' que c'est qu' d'êt'e mèrr' d' famill'... un' mèrr', monseigneur, est toujourr' prrêt' à dirr' à son enfant : T'as faim? tu veux un' tarrtin' ? tiens, tette ; t'as frroid ? mets tes pieds sur ma chauffrrett'; tes jourrs sont en danger? tiens, v'là mon existence, fais-en c' que tu voudrras.

LIT N° 1.

Crrré coquin ! ça me fait pleurer...

TOUTE LA CHAMBRÉE

A bas l' bavard ! continue, Dumanet.

DUMANET.

Pourr lorr' v'là qu'est bon, l' podestat rr'tourrn' au bal, y laisse la Tysbé, arrive Rrodolfo, en v'là un drrôl' d' bipède, toutes les femm's se l'arrachent c' merrle-là, y a pourrtant pas d' quoi, mais ça n' fait rrien à l'affairr', caprric' de femm' pas autechose.

C'est toi, mon Rrodolfo, qu' lui dit la Tysbé, on t' prrend pourr mon frèrr' ; mais pas si bêt' ; pas vrrai qu' t'es pas mon frèrr', qu' t'es mon amant ; lui! mon frèrr' ! l' p'us souvent : voyons, n' fait pas la moue, j' vas voirr un instant ma société et je rr'viens...

Rrodolfo la laiss' partirr sans lui couler la moindrr' douceurr...

La Tysbé rr'vient surr ses pas, elle lui envoie un baiser soufflé dedans l' creux de sa main, et s'en rr'tourn' après c'te p'tite singerie qui rr'semb'e à rien.

Mon Dieu qu' t'es t'heureux ! qu' dit Anafosto, l'ami de Rrodolfo, d'êtrr' aimé d' la Tysbé.

Oui, j' t'en fich' qu'y rrépond, laisse-moi tranquill' avec ton bonheurr, et vas t' prrom'ner.

Anafosto n' se l' fait pas dirr' deux fois, y sorr,

Rrodolfo s' rrepos' surr un banc; l' farrceur qui dorrmait, vous savez, Omodei, s' rréveill', et vient frrapper surr l'épaul' de Rrodolfo; dit's donc, malin, qu'y lui dit : Vous vous app'lez pas Rrodolfo, vous? vous êt's pas amoureux d' la Tysbé, vous en aimez un' aut'e que vous savez pas oùs qu'ell' est passée... Voulez-vous que j' vous conduis' chez ell', moi, ce soirr, et dans sa prropr' chambrr' à coucher encorr'

Un pékin comm' vous, que lui dit Rrodolfo... et qui que vous êtes?

Vous rrapp'lez-vous, monseigneurr, qu' dit Omodei, un homm' qu'on assassinait y a deux nuits près des rruines et qu' vous avez sauvé...

—Oui.

C'est moi que j' suis l'assassiné; aussi depuis qu' j'ai manqué d' perrdrr' l' goût du pain, j' vous porrt' dedans mon cœurr, et voillà.

En c' cas, qu' dit Rrodolfo, j'irrai ce soirr surr les sans faute, et y lui donne que'qu's pâtards pourr sa rrécompense.

Heurr, militairr', qu' lui dit Omodei, n'y manquez pas.

Là-d'ssus Rrodolfo s'en va comme entrr' la Tysbé,

Rrodolfo, qu'ell' appell', mon cherr Rrodolfo; mais ni vu ni connu, y fait la sourrd' orreill'.

Oùs qu'il peut aller, qu' s' dit tout haut la Tysbé.

Omodei, qu'est là, lui dit : Y va courrirr le guillerrou *, et si vous êt's currieus' d' connaîtrr' la particulièrr', vous n'avez qu'à d'mander au podestat un' clé en orr, qu'il porrt' à son cou comm' un' croix d' commandant d' la Légion-d'honneurr.

LIT N° 2.

Un' clé en or, excusez! l' métier d' serrurier est bon dans c' pays-là.

LA CHAMBRÉE

Taisez don' vot'e platin', vous.

Tu m' trrompes, qu' dit la Tysbé, mon Rrodolfo est incapab'e de m' fairr' des trraits, et c'est pas lui qui oserrait jamais...

* Guillerou pour Guilledou. *Note de l'éditeur.*

Y n'os'rrait pas, c'est que j' tousse, ça l' f'rrait loucher, qu' dit Omodei, d'mandez la clé au podestat.

Tu veux m' fairr' aller, qu' dit la Tysbé, j' la d'mand'rrai pas.

Fait's don' pas vot'e tête comm' ça, qu'y lui dit, vous allez la d'mander, et tout d' suit' encorr', y s'en va.

Arrive le podestat qui pens' à rrien du tout; faut voirr la Tysbé minauder comme un' vrraie chatt' pour avoirr la clé : d'aborr' ell' en veut, après ell' ne veut pas, ell' lui mont' cinquant' couleurrs, le prrend parr tous les bouts, et finit par lui arrracher.

L' podestat s'en va.

J'ai la clé, qu' dit la Tysbé à Omodei qui rrevient, d' quoi qu' j'en dois fairr' maintenant?

Venez ce soirr à tel endrroit, qui rrépond, j' vous conduirrai dedans un' maison, là vous ouvrrirrez une porrte, c'est pas là : vous ouvrrirrez un' second' porrte, c'est pas là ; vous ouvrrirrez un' trroisièm' porrt', c'est là, et vous trrouverrez vot'e amant fac' à fac' avec sa nymph'.

Crric! dit Dumanet.

Crrac! répondit la chambrée*.

* On sait que le conteur d'une chambrée, pour s'assurer que ses auditeurs ne dorment pas, emploie ce moyen ; pourquoi M. J. J. ne fait-il pas usage de ce procédé quand il lit ses œuvres à l'Athénée. *Note de l'éditeur.*

ACTE II.

Ca vous rr'présente un' chambrr' à coucher, mais un' chambrr' à coucher comm' jamais vous en avez rrêvé de parreilles, figurrez-vous tout c' qui peut vous êtrr' nécessairr' sous la main avec des commodités parrtout, et meublée que le rroi n'est que d' la Saint-Jean auprrès.

Rréginella, un' vieill' bibass' de domestiqu', bavass' avec sa camarrad' Dafné, ell' lui dit qu'un sbirr' a évu l'audac' de fairr' la courr à sa maîtrress', Dafné qu'aim' pas les prropos, à c' qui parraît, sorr' pendant qu' la vieill' bibassièrr' continue d' débiter son chap'let.

Omodei entrr' parr un meubl' qui lui serr' de porrt'. Halt'-là, qu'y dit à Rréginella, avance ici à l'orrd'e, ousque conduit cett' porrt'? ousque conduit cell'-ci? ousque conduit cell'-là? et cett' fenêt'e?

LIT N° 3.

Tiens, il entr' là comm' chez lui, y connaît les faux-fuyans, et y d'mand' des rrenseignemens?

DUMANET.

J' sais pas, mais c'est comm' ça. Omodei continue à la vieill' : Sorr', qu'y lui dit, et fais la morrt' si tu veux pas perrirr. La vieill' veut fairr' sa têt', mais y s' déboutonne et y lui montrr' un' plaqu' d'assurranc' mutuell' qu'il a surr la potrrin' ousqu'il y a trrois lettr's : C. D. X.

LIT N° 1.

C'est un' pièc' en faveur des Bourbons.

LIT N° 2.

A quoi qu' tu vois ça, toi?

LIT N° 1.

Parc' que sa plaqu' veut dir' Charles X.

DUMANET.

Est-y épicier l' numerro 1, ça veut dirr' conseil des dix; mais si vous m'interrrompez toujourr', je dis p'us rrien... Un' fois qu' la vieill' est sorrtie, Omodei fait entrrer Rrodolfo parr le mêm' meub'e que vous savez et y lui dit : Vousête' ici, monseigneurr, avec vot'e maîtrress' la Catarrina, autrrement dit la femm' légitim' du podestat, rrien qu' ça ; vot'e maîtrress' est dans son laborratoirr' de prrières, ell' va v'nirr tout à l'heurr', cachez-vous en attendant. Là-d'ssus Omodei, qu'est un verritab'e judas, dit, quand il est seul avec lui-mêm', j'ai offerr' mes affections à la Catarrina, ell' a pas voulu m'écouter, y va lui en cuirr' pourr la pein', y met un' lett'e surr la tab'e et sorr' par son meub'e.

LIT N° 1.

Y d'meurr' don' dans un secretair' celui-là ? c'est pas trop commode.

DUMANET, *continuant sans tenir compte de l'observation.*

La Catarrina vient d' son laborratoirr' avec Dafné, ell' lui parrl' de Rrodolfo et puis elle lui dit : Vas t' coucher, Dafné ; moi, j' vas penser à mes amours. Ell' prrend un' mandolin' et rrâcl' un' airr de chanson qu' Rrodolfo a fait' pour ell', mais c' qui la jugul', c'est qu'ell' sait pas les parol's... Rrodolfo chant'.. Dieu de Dieu, qu'dit mam' Angelo, qu'est-c' que j'entends ? c'est lui ! ! Rrodolfo entrr', là-d'ssus ell' se jett' dans les brras de Rrodolfo à pil' ou fac', ça lui est égal. Qu'est-c' qui t'a dit mon nom ? qu'ell' lui dit, qu'est-c' qui t'a donné ma d'meur' ? mon numerro ? . Rrodolfo va pourr rrépond'e, non, tais-toi, qu'ell' rrajoute parrl' pas, laiss'-moi goûterr mon bonheurr, laiss'-moi m'imbiber d'amourr. Et là-d'ssus, ell' lui fait des yeux qu'on n' lui voit plus que l' blanc.

LIT N° 3.

Oh ! nom d'un chien ! !

LIT N° 2.

Eh ben ! qu'est-c' qu'il a don' lui ?

LIT N° 3.

C'est rien... c'est un' cramp'...

DUMANET, *continue.*

C'est pas pourr la flatter, ell' est pas bell' ; mais nom d'un nom, ell' en vaut un' aut'e pourr c' qu'est du sentiment ; brref, mam' Angelo voit la lett'e qu'est dessus sa tab'e : Tiens.

qu'ell' dit, qu'est-c' qu'a apporrté ça ?.. voyons... Ell' lit : nous somm's enfoncés, qu'elle dit, moi ça m'est égal, j' sens qu' j'étais née pourr ça; mais toi, mon Rrodolfo, ça va t' sembler bien durr. là-d'ssus y zentendent ouvrrirr et marrcher...

On vient, dit mam' Angelo, entrr' dans mon laborratoirr', j' m'en vas tâcher d' parrer l' coup; et pourr ça ell' va s' mett'e surr son lit.

C'est la Tysbé qui vient à pas d' loup, conduit' parr la jalousie, la clé du podestat et un' lanterrn' sourrd', ell' cherch', ell' furr'te partout.

Mam' Angelo qui dorr' pas s' rréveill' : Qu'est-c' que ceci, qu'ell' dit à la Tysbé,

Ceci, qu' rreprrend la Tysbé, c'est moi, si vous voulez bien l' perrmett', c'est moi que je viens pourr vous fairr' un' scène...

Un' scèn' ! à quel prropos, que dit mam' Angelo, j' sais pas c' que vous voulez dirr', ma parrole d'honneurr...

Laissez donc, qu' dit la Tysbé ; est-c' que j' sais pas c' que c'est, vous êt's un' tirreus' de carrott's comm' les aut'es.

Là-d'ssus, ell's s'empogn'nt de bec qu' ça fait plaisirr, l'un' veut l' voir, l'aut'e veut pas l' montrrer... Enfin, la Tysbé rramass' un manteau qu'est à terrre ; ça lui mont' la tête, alors ell' appell' le marri.

Seigneurr Angelo ! qu'ell' crrie.

Ah ! madam', quoique j' vous ai fait pourr me fairr' c' que vous m' fait's, que dit mam' Angelo.

Qu'apperrcevois-je ? que dit la Tysbé, un crucifix avec mon nom d'ssus en cuiv'e... Dites-moi vit', madame, de qui que vous l' tenez ?

D'un' malheurreus' qu' j'ai arrraché des brras du trrépas, dit mam' Angelo.

Ah ! ma mèrr' ! que fait la Tysbé.

Arrrive Angelo l' podestat.

C'est fini, y va m' porrter l' derrnier coup, qu' dit sa femm'.

Pourquoi qu' vous êt's pas encorr' couchée ? qu'y dit, pourquoi qu' vous fait's un vacarrme à rréveiller les voisins ? Dites?

V'là c' que c'est, que dit la Tysbe. vous d'vaez êt'e assassine d'main matin, et j' suis v'nue prrier vot'e femm' pourr qu'ell' vous laiss' pas sorrtirr seul...

Tiens, qu' dit Angelo, c'est drrôl'; mais comment qu' vous avez fait pourr venirr ici ousque persoun' peut entrrer?

Avec vot'e clé, monseigneurr, qu' dit la Tysbé.

A qui qu'est ce manteau? qu'il demand'.

A moi, monseigneurr, que r'parrt la Tysbé qui perrd pas la têt'... J'avais mêm' un chapeau, j' sais p'us c' que j'en ai fait.

L' podestat, qu'est bon enfant, gob' tout ça, et r'conduit la Tysbé à sa litierre.

LIT N° 1.

En v'là d'un' fameus', on lui rend servic' et y vous met à l'écurie pour ça.

DUMANET.

Et non, imbécil'; un' litierr' c'est un' voiturr' fait' comm' un' civierr', mais p'us élégant'. La Tysbé prrofit' du r'mu'-ménag'; ell' donn' sa clé à mam' Angelo : T'nez, qu'ell' lui dit, fait's-le sauver parr ousque j' suis v'nue, vot'e marri n'y verrra qu' du feu.

Crric, dit Dumanet.

Crac, lui répondit-on

ACTE III.

L'décorr' c'est toujourr la chambrr' à coucher d' mam' Angelo, avec les commodités qu'vous savez.

Angelo quitt' deux parroissiens à qui qu'y parrl', et vient dirr' à un grrand sec qu'est là comm' l'obélism' de Louqsorr : M. l'doyen, y m'faut une enterrr'ment d'prremierr' qualité, tout c'que vous avez d'm'ieux; je rr'garde pas au prix, donnez-moi ça dans l'soigné. L'doyen sort' ; M. l'arrchi-prrêtrr, qu'dit Angelo à un aut', qu'attend ses orr'drr's, vous allez m'confesser une femme, disposez-vous à m'la disposer à mourrirr. Là-d'ssus il entrr' avec lui dans l'laborratoirr' de sa femme.

La Tysbe vient comme Angelo rressorr' du laborratoirr'. Ah! c'est vous, qu'y lui dit, vous arrrivez comme Marrs en carrême; j'ai du chagrrin, j's'uis bien aise de vous voirr, pourr vous dirr' que ma femme m'a fait....

Assez causé, qu'lui dit la Tysbé; quelle prreuv' qu'vous-en avez?

La prreuv'; qu'y dit, la voillà : ell' a été trrouvée cett' nuit surr l'corps d'un assassiné.

Son nom? qu' dit la Tysbé.

Son nom! y en a pas, et c'est c'qui m'fait rrager; carr j'peux pas fairr' manœuvrrer ma vengeance et m'baigner dedans le sang de c'lui qui peut dirr' : J'ai fait un Angelo au même... Ah! cett' idée m'fait bisquer au derrnier des points... Comment! y a un homm' qui peut s'vanter d'avoirr mis son pied ous c'que j'mets l'mien... Voillà c'qui m'fait marronner, que vous en avez pas d'idées... t'nez, voyez la lett'e, et dit's-moi si l'écrriturr' est d'vos connaissances.

Je m'en avais douté, que s'dit tout bas la Tysbé : c'est la proprr' main d'mon monstrr!

Savez-vous de qui? qu' dit l'Podestat.

Qu'vous êtes tannant, qu'lui dit la Tysbé, donnez-moi l'temps d'lirr... Inconnu, qu'ell' lui dit, en lui rendant la lett'e... et qu'avez-vous rrésolu? qu'elle rrajoute.

Vot'e demand' est coquass', qu'dit Angelo, c'est à moi, que j'ai p'us d'fiel qu'un taurreau, qu'vous v'nez d'mander c'que j'ai rrésolu... j'ai rrésolu qu'c'était l'affairr' du bourrreau, ça n'me rr'garrd' p'us.

Le bourrreau! que dit la Tysbé.

Oui, y l'a f'rra perrirr pourr lui apprrendrr' à vivrr'.

Quand la Tysbé voit qu'ça tourrn' au biseigue *, le bourrrreau, qu'ell' dit, c'est bien mauvais genrr', et vous allez lui fairr' connaîtrr' les salop'rries d'vos affairr's domestiques; y a un moillien bien p'us simp'e, c'est d'lui fairr' prrendrr' un bouillion d'onze heurr's.

J'sais bien, qu'dit Angelo; mais, vous m'crroirrez si vous voulez, j'ai pas d'poison pour le quarr' d'heurr'.

J'en ai, moi, et du numerro un, qu'dit la Tysbé.

Vous en avez, oh! c'te chance, serriez-vous assez bonn' pourr...

Comment don', mais avec beaucoup d' cerrtainement, qu dit la Tysbé, j' vas vous cherrcher ça moi-même et j' vous l'apporrt'; elle s'en va....

Le prrêtrr' sort du laborratoirr' d' mam' Angelo; occupez-vous du serrvic' funèbrr', qu' dit l' podestat; arrriv' mam' Angelo qu'entend ces derrniers mots.

De quoi, qu'elle dit, vous voulez m' fairr' perrir, c'est pas possib'e vot'e intention n'est pas de m' fairr' sauter l' pas, n'est-ce pas?.... on n' tue pas sa fer m' comm' ça pourr un' fichaise, pourr un' idée biscornue. Enferrmez-moi dedans un couvent, prrivez-moi d' ma liberrté, trraitez-moi comm' la derrnièrr' des derrnièrr's; mais j' veux viv'e, c'est nécessairr'à mon existence.

Eh bien nom d'un nom je n' dis pas non, qu' dit Angelo, voillà un' lett'e oùs qu'il manqu' un nom, mettez l' nom et nous verrrons, j' vous laiss' un' heurr' d' réflexion.

Y a t'y des femm's qu'ont du guignon, qu' dit mam' Angelo, quand Rrodolfo rr'vient par la porrt' dont qu'il a la clé; c'est moi, qu'y dit à la Catarrina, me v'là.

* Bessigre.

Toi, mon Rrodolfo, qu' dit mam' Angelo, faut qu' t'ayes le diab'e au corrps; t'as don' pas assez de' la venett' que nous avons évue ensemb'e cett' nuit.

Eh bien, non, qu'y dit, j'y tenais p'us, je voulais savoirr comment qu' tu t' porrt's, et puis j'étais bien ais' de t'apprrend'e que j'ai fait l'affairr' d'Omodei, j' lui ai signé sa feuill' de rrout' pour le royaum' des taup's; en parrlant d' taupes, as-tu rr'çu mon poulet ?

Oui, qu' dit mam' Angelo; mais, veux-tu m' fairr' un plaisir, n'écrrit p'us, et si quelqu'un te disait écrrivez-moi don' queuqu' chose, vous, dis qu' tu n' sais pas écrrir'.

Tiens, c'te farrc', et pourquoi, qu' dit Rrodolfo.

Mais... parce que, qu' dit mam' Angelo.

A la bonne heurr'! est-ce qu'on soupçonnerrait que'qu' chose, qu' dit Rrodolfo.

Bien du contrairr', qu' dit mam' Angelo, tu sais qu' les femm's ont des caprrices, des idées saugrrenues.

Ah! si c'est un' idée saugrrenue, qu' dit Rrodolfo, c'est difféerrent, j' te l' promets.

Allons, c'est bon! embrrasse-moi, dit mam' Angelo, et puis vas toi z'en. Rrodolfo s'en va.

Comm' y sorr' rrentrent Angelo et la Tysbé; Angelo va d' suitt' porrter un p'tit flacon d' poison qu'y pose surr la tab'e à côté d' la lett'e en question. Qu'est-ce que j' vois, qu'y dit, je n' vois pas l' nom.

Non, qu' dit la Catarrina.

En c' cas, vous savez nos conditions, fait's moi l'amitié d' vous administrrer c' poisson d' poison.

C'est un poisson d'avrril, pas vrrai, qu' dit mam' Angelo, ou vous m'aurriez don' prrise pour mes espèces et pas pourr aut'e chose. Vous vous êt's don' dit comme ça, j' suis rruiné, la fortun' de c'tte femm' me rr'mettrra à flot, et parrc' que vous êt's à cheval à prrésent surr vos affairr's, vous voulez vous défairr' de moi, c'est horrib'e, j' dirrai mêm' p'us, c'est pas délicat.

Et vous, madam', qu' dit la Catarrina à la Tysbé, vous qui savez parr où l' prend'e, coulez-lui que'qu' chos' en ma faveurr.

La Tysbé n' dit rrien.

Voyons, finissons-en, qu' dit Angelo, j'ai pas l' temps d' flaner; buvez-vous, oui zou non.

Non, qu' dit la Catarrina.

En c' cas, j'en rr'viens à ma prremierr' idée, j' m'en vas quèrrir l' bourrreau. Aussitôt dit, aussitôt fait, y sorr'.

Quand un' fois Angelo est sorrti : Buvez, qu' dit la Tysbé, ça lui f'rra plaisirr, et vous vous en rr'pentirrez pas.

Rr'vient Angelo : Entrrez. qu' dit la Tysbé; mais entrrez seul, ell' s'a décidé, ell' va boirr'.

C'est ben heurreux, qu' dit Angelo.

La Catarrina boit : Pouah! qu' c'est mauvais, qu'ell' dit en rr'jetant l' flacon. Quand ell' se sent à l'agonie, ell' s' met à angonir Angelo et la Tysbé; et puis ell' se r'tirr' dans son laborratoirr' pourr prrier pourr son mari tant qu'ell' a bon cœurr la pauv'e chatte.

LIT N° 2.

C'est encor' un fameux merl' qu' son marri.

LIT N° 3.

Moi, à sa place, j' lui aurais passé la jambe et j'aurai pas bu.

LIT N° 1.

Tout ça ça peut arriver dans l' meilleur ménage; mais j' conçois pas qu' tout l' mond' vienn' dans c'te chamb'e, ousque personn' doit v'nir

DUMANET.

En v'là d'un' bonn' puisque c'te malheurreuse a tout autourr d'ell' des ouverrturr's par ousque tout l' mond' peut s'intrroduirr' sans qu'ell' s'en dout'; ça n' peut pas êtrr' autrrement : j' continu... Ah ça! la Tysbé, qu' dit Angelo, j'ai encorr' un p'tit serrvic' à vous d'mander, j' m'en vais fairr' enl'ver l' cadav'e parr deux homm's, aureriez-vous la complaisanc' d' veiller à c' que les chos's se pass'nt à la satisfaction d'un cha un.

Soyez paisib'e, qu' dit la Tysbé, j' f'rrai la suit' du convoi à moi tout' seul', y aura pas foul'.

C'est bon, qu' dit Angelo, et y sorr'.

A nous trrois, qu' dit la Tysbé aux deux homm's qui doiv'nt porrter l' corrps, on vous a prromis un' somm' de pourr porrter l' corrps en terr', j' vous en donn' l' doub'e pourr fairr' à ma volonté ; ça y est-y, qu'ell' dit.

Ça y est, qu'y rrépond'nt.

Là-d'ssus y sort'nt pourr prrendrr' l' cadav'e.

Crric, dit Dumanet.

Crac, répond la chambrée.

ACTE IV.

D' cett' fois nous somm's dans la chambrr' à coucher d' la Tysbé, avec un lit, toute en ébène le long des murr'.

La Tysbé d'mand' aux deux porteurs du cadav'e le ch'-min l' plus courr' pourr sortirr de la ville; y lui disent et y s'en vont.

La Tysbé dit à un page qu'est là, et qu'à tout l'avant-train d'un' femme' : les chevaux sont prêts, pas vrrai? y sont bons? Y répond qu'oui; suffit qu'rrajoute la Tysbé; j' veux êt'e seul' à seul' avec moi, qu' perrsonn' ne me monte.

Si c'pendant l' seigneur Rrodolfo v'nait, qu' dit le page?

Oh, celui-là, qu' dit la Tysbé, qu'y monte par le grrand escalier ou parr l'escalier derrobé, ça n' fait rien, qu'il entrr' parr devant ou parr derrière, il est toujours sûrr de m' fairr' plaisir. Le page sort.

A présent que j' suis seul, qu' dit la Tysbée, faut qu' j' pleurr' tout mon saoul, ça m' soulag'ra, pe't-êtrr... Non, c' qui m' faudrrait, ça s'rait d'êtrr' aimé d' lui; mais y a pas moillien... Si seul'ment y m'assassinait, ça pourrait lui fair' d' la peine, et à moi, ça m' f'rait plaisirr, parc' qu'y me r'grett'rait.

Entrr' Rodolfo par le derrière de la Tysbée; y vient en p'tite tenue, pas d' chapeau : c'est don' vous, qu'y dit à la Tysbée, qu'avez fourni l' poison pour fairr' perrir la Catarrina?.. C'est don' vous qu'avez suivi l'enterr'ment à vous tout' seul'; savez-vous bien qu' si vous avez du poison, j'ai du ferr', moi; en lui disant ça, il lui montrr' un poignarr' qu'à pas l'airr manchot.

C' qu' vous m'dit's-là est bien durr, Rrodolfo, qu' dit la Tysbé; si vous saviez tout c' qu' j'ai fait pour vous, vous bais'riez les pas parr ousque j' marche.

J' baiserrais la chatte, qu' dit Rrodolfo, qui se sent p'us d' colèrre et qui beugle comme un veau; dit's p'us rrien, ou j' vous enlèv' l' ballon; carr j' vous méprris' autant qu' j' vous déteste...

Ah! tu m' détest', qu' dit la Thysbé; en c' cas, j'ai bien fait d' fairr c' que j'ai fait, et si c'était à rr'fairr', je le ferrais encore.

Malheureus', q' dit Rodolfo, qui trrépign', tu vas mourrirr, et y lui plonge son poignarr dedans le sein.

Ah! qu' fait la Tysbé en tombant à genoux, y m' l'a enfoncé jusqu'au cœurr.

Su' c' coup d' temps-là, la Catarrina qu' est couchée surr le lit de la Tysbé, rr'vient à elle. Rrodolpho, qu'elle dit, mon cherr Rodolfo?..

Ciel! de son lit, qu'ouïs-je? qu' dit Rrodolfo.

La Catarrina ouvrr' les rideaux et descend du lit.

J'ai l'chauch'marr, la berrlue, qu' dit Rrodolfo; c'est pas ell', c'est pas toi, n'est-ce pas qu' t' es qu' ton ombrr'.

Tâte p'utôt, qu' lui dit la Catarrina.

Y tâte, c'est bien toi, qu'il ajout'; mais qui qui t'a sauvée.

Moi, et pourr toi, qu' dit la Tysbé qu'attendait qu' ça pourr rendrr' l' dernier soupir.

Là-dessus, la toil' tombe.

Crie.

LA CHAMBRÉE.

Et la morale!

DUMANET.

C'est just', la voici : Prrenez des femm's vot' suffisance, mais n'en épousez pas la queue d'un' si vous voulez pas êtrr'... suffit.

LIT N° 1.

En v'là une chouette de pièce pour le sentiment.

LIT N° 2.

Oui, mais y faut qu' Dummnet nous dis' c' qui pense des acteurs.

LIT N° 3.

Allons; en avant Dumanet, la vérité, tout' la vérité, rien qu' la vérité, comme dit l' capitain' rapporteur.

DUMANET.

Je l' veux bien; mais garrdez-moi l' secrret : d'aborr Angelo est trrop grringalet pour son rrôl', et comme y sait c' qui lui manque', y grossit sa voix tant qu'y peut, c'est au point que j' crroyais qu' c'était un aut'e qui faisait l'Bonvallet et qui parrlait pourr lui, j' sais pas, moi, c't acteur-là m' fait l'effet d'un tuyau d'orrgue, y rrend plus d' son qu'y n'est grros.

Brodolfo, en v'là un qu'est mauvais; y fait des gest's, des contorsions et des grrimaces, et puis des grrimaces, des contorrsions et des gest's, avec ça, pas pourr un liarrd's de chaleurr, aussi tout l' mond', en l' voyant, disait : j'ai froid; celui-là, par exemp'e, peut bien s'vanter qu'il est heureux d' s'êtr' fait aimer d' la Tysbé et d' la Catarrina, j' lui conseill' d' les garrder et d'en pas chercher d'aut'es.

Omodéi, j' vous en dirrai rien, j' lui trrouv' trop d' rressemblance avec le Gubetta de Lucrrèce, j' crois qu' c'est p'utôt la faut' de l'auteurr qu' celle de l'acteurr.

Anafosto, Troilo, Cabaordo, l' doyen et l'arrchi-prrêtrr, tout ça compagnie du centrr', ça vaut pas la peine qu'on en parrl'.

Maint'nant passons aux femmes qu' j'ai gardées pourr là bonne bouche; mais n'allez pas dir' c' que j'en pense, ça pourrait nuirr' à mon avanc'ment.

On dit qu' la Tysbé a été la premièrr' dans son temps, c'est possibe; aujourd'hui c'est pus ça, y a mieux, elle est bien si vous voulez dans l' premier acte; mais c'est dans les trois aut's qu' faut la voirr; ell' sait pus ous qu'ell' en est c'te pauv'e chèrr femme; elle est là qui s' bat les flancs pourr fairr que d' l'eau clairr'... Décidément faut qu'elle emboit' l' pas, derrièrr la Catarrina, qu' est son chef de file.

Passons à la Catarrina, c'est cell'-là qu' est soignée d'un bout à l'autre, si elle se désol', vous vous désolez; si elle pleurr', vous pleurrez; si elle parle d'amour, elle vous en fait v'nirr l'eau à la bouche, c'est au point qu' vous crroyez y êtrr'. J'veux pas la flatter; mais cell'-là peut s' vanter d' m'avoirr fait des drrol's d'effets... Cependant j' parrie avec le prremier venu, qu' ça aurrait été mieux joué à la porrt' St-Martin.

Cric, dit Dumanet.

Un ronflement sourd et prolongé répondit seul au cric de Dumanet, la chambrée s'était endormie en entendant parler des acteurs du Théâtre-Français.

FIN.

www.ingramcontent.com/pod-product-compliance
Ingram Content Group UK Ltd.
Pitfield, Milton Keynes, MK11 3LW, UK
UKHW020219200726
13856UKWH00004B/1501